STORIA DI BURATTINI

Commedia in un atto

LUIGI ANTONELLI

PERSONAGGI.

I Burattino

II Burattino

III Burattino

IV Burattino

V Burattino

VI Burattino

VII Burattino

COMPONENTI LA COMPAGNIA DEGLI «SGHIGNAZZANTI»

Placido, impresario della compagnia degli «sghignazzanti»

Il signore del palazzo

Il signorino del palazzo

La signorina del palazzo

Il servitore del palazzo

SCENA PRIMA

L'azione ha luogo nel salone di proprietà del SIGNORE DEL PALAZZO.

IL SERVITORE

a PLACIDO che sta per entrare, al limitare della porta

Avanti! Venga avanti! Vuole che l'aiuti? Dia a me... Oh! Così... Almeno un paio!...

Si fa dare due BURATTINI grossi come ragazzi e se li carica uno sopra un braccio e uno sull'altro

Non avevo mai visto dei burattini così grandi! Ho l'impressione di abbracciare degli uomini... Possiamo appoggiarli contro questa parete?

PLACIDO

seguendolo con gli altri BURATTINI in braccio

Appoggiamoli pure dove volete. Per me è indifferente.

I BURATTINI appoggiati al muro hanno un'aria rigida e inerte, con le braccia che penzolano ai fianchi.

IL SERVITORE

Non capisco come sia venuto in mente al mio padrone di comprare questi burattini. Sarà una bella cosa divertirsi con un teatrino in casa, ma io trovo che ci son tanti teatri in città, e sono teatri sul serio, dove si può comodamente ascoltare una commedia senza bisogno di ammattirsi a fare le prove e senza bisogno di ospitare in casa tutti questi personaggi che fanno confusione e che bisogna spolverare almeno una volta al giorno... Che ne dite voi?

PLACIDO

Dico che quello che dite non mi riguarda affatto.

IL SERVITORE

Vi rincresce lasciarli?

PLACIDO

Questo poi riguarda me solo e non può interessarvi.

IL SERVITORE

Mi pare che abbiate un brutto carattere...

PLACIDO

Può darsi...

IL SERVITORE

Capisco che essere costretto a lasciare i propri compagni di lavoro, con cui avevate diviso la buona e la cattiva sorte e con cui avevate peregrinato in tutti i villaggi d'Italia... non è una faccenda troppo allegra...

PLACIDO

E allora, se lo sapete, perché mi domandate se mi rincresce o no?

IL SERVITORE

È perché volevo farvi una domanda.

PLACIDO

Fareste meglio a darmi qualche cosa da bere... Non vi siete accorto che sono trafelato?

IL SERVITORE

Avete ragione! Scusate! L'arrivo di questi personaggi mi ha confusa la testa... Ora vado a prendervi da bere... Ma prima vorrei che rispondeste a una mia domanda...

PLACIDO

Che domanda? Via, sbrigatevi...

IL SERVITORE

Perché la vostra compagnia si chiamava «degli Sghignazzanti»?...

PLACIDO

Auff! Perché i burattini, e in generale la povera gente... non sa che sghignazzare... o sta zitta o sghignazza... Raramente sorride... come voi, per esempio... Voi siete un personaggio mellifluo... e sorridete sempre...

IL SERVITORE

Io mellifluo?

I BURATTINI senza spostarsi dalla posizione con cui sono stati appoggiati al muro, sghignazzano in coro sommessamente.

IL SERVITORE

dando un balzo

Chi è?

PLACIDO

dopo avere lanciata una severa occhiata ai BURATTINI

Non abbiate paura... Sono io, sono io; ventriloquo...

IL SERVITORE

irritato

Voi... ridete col ventre?

PLACIDO

Sì, signore...

IL SERVITORE

E perché?

PLACIDO

Perché mi sono annoiato, dopo tanti anni, a ridere con la bocca! La bocca aveva altro da fare, e perciò ho utilizzato il ventre...

IL SERVITORE

È una cosa molto seccante.

PLACIDO

Dunque, dicevate?

IL SERVITORE

Desideravo sapere se questi burattini della compagnia degli «Sghignazzanti» li avete fabbricati voi...

PLACIDO

Certo! Certo! E chi volevate che li avesse fabbricati? Non sono essi forse i miei figli?

IL SERVITORE

Scusate... Credevo che li avesse fabbricati il burattinaio...

PLACIDO

Che bestia!

IL SERVITORE

stupito

Come avete detto?

PLACIDO

Ho detto: che bestia!

IL SERVITORE

Ah! Ho capito. Credevo che aveste detto a me...

PLACIDO

A voi! A voi!

IL SERVITORE

Allora... va bene.

I BURATTINI sghignazzano in coro, sommessamente, come prima.

IL SERVITORE

dopo essersi guardato intorno impaurito, capisce e si ricompone

Ah! Siete voi! Per Bacco! Io non potrei abituarmi a vivere con voi!

PLACIDO

Perché?

IL SERVITORE

Perché non si riuscirebbe mai a essere noi due soli, in una stanza. C'è quel vostro ventre che non è un ventre: è una banda militare...

I BURATTINI sghignazzano.

PLACIDO

Dunque dicevate?

IL SERVITORE

Dicevo che non avrei mai creduto che voi foste un burattinaio.

PLACIDO

E perché, se è lecito?

IL SERVITORE

Credevo che il fabbricante di burattini fosse un uomo più importante di voi... dal momento che il mio padrone spesso mi dice che sono anch'io un burattino.

PLACIDO

Il vostro padrone ha sbagliato. Voi non siete un burattino. Tutt'al più sarete una marionetta... i miei burattini o signore, sono i primi del mondo per intelligenza e bravura... Ricordatevelo bene, finché avrete l'onore di ospitare in questa casa i miei capolavori!

Sordo mormorìo di approvazione da parte dei BURATTINI.

IL SERVITORE

Accidenti! Ve lo avevo detto io che avete la banda militare in corpo! Ebbene, come va questo fatto: che con questi capolavori siete in miseria?

PLACIDO

Che bestia!

IL SERVITORE

Me l'avete già detto!

PLACIDO

Ma appunto perché erano troppo bravi non ho avuto fortuna! Se fossero stati dei personaggi comuni mi sarei arricchito! Ed è quello che voglio fare adesso: fabbricare un'altra compagnia, la compagnia dei «melensi»...

IL SERVITORE

Ah! Perciò avete venduto questi... sfortunati giovani al mio padrone... Bravi — eh? — e sfortunati...

PLACIDO

Giusto: ditemi a che ora devo ripassare a prendere il mio denaro...

IL SERVITORE

Oh! Quando volete... Anche tra mezz'ora... Se volete aspettare, i padroni sono a passeggio ma non tarderanno a rientrare in casa...

PLACIDO

No... no... non voglio aspettare... Preferisco tornare più tardi... anche perché... voglio abbracciare i miei ragazzi, prima di lasciarli...

È commosso, e per celare la sua commozione fa la voce grossa, e grida al servitore

Oh infine! Mi parete scimunito! È un'ora che mi avete promesso di darmi da bere!...

IL SERVITORE

sovvenendosi

Oh bestia!

PLACIDO

Bravo! Questo, sì... si chiama rendersi giustizia...

IL SERVITORE

avviandosi a destra

Perdonate... Corro subito...

Via

SCENA SECONDA

PLACIDO

appena uscito IL SERVITORE si volge adirato ai BURATTINI

Ma insomma! Ve l'avevo detto di star zitti! Per quanto poco fiato vi si lasci, ne avete sempre abbastanza per sbattere la lingua! Maledetti ragazzi! Lo sapete bene che se vi avessi venduti per quel che siete, ossia dei burattini meccanici dotati d'intelligenza, avrei dovuto chiedere un milione, e nessuno, neppure il padrone di questo palazzo, vi avrebbe comperati... e io sarei ancora con la fame, e anche voi, benedetti ragazzi... Ora, giacché abbiamo trovato questo espediente per assicurare a voi, figli miei, una esistenza agiata in un palazzo signorile, e a me la possibilità di rifarmi con una compagnia di scarto per potervi un giorno riscattare, voi state per mandare a monte ogni cosa per la mania che avete di fare chiasso e di mettere tutto alla berlina. Ma lo volete capire sì o no che non dovete mostrare di essere vivi? Che dovete lasciarvi muovere dagli altri? Che non dovete agire per vostro conto?

I BURATTINO

senza muoversi dalla sua positura, ossia restando appoggiato al muro

Padrone, dacci un po' di corda!

PLACIDO

Darvi un po' di corda? Fossi matto! Se anche scaricati non vi state zitti!... No, no, dovete scordarvi di esser vivi, se non volete rovinarmi...

II BURATTINO

Padrone, vi promettiamo di comportarci assennatamente! Ma appunto per questo abbiamo bisogno di avere tutto il nostro senno, ossia tutta la nostra carica...

III BURATTINO

Non vi siete accorto che così come siamo, quasi del tutto senza corda, non possediamo la perfetta padronanza di noi stessi?

IV BURATTINO

In altri termini, padrone, ora siamo degli irresponsabili. Ridateci il senno e sapremo vigilare i nostri atti e comportarci, come ci avete consigliato, per il vostro e per il nostro bene...

V BURATTINO

Altrimenti corriamo il rischio di fare e di dire delle sciocchezze...

PLACIDO

Può darsi che non abbiate torto... Forse faccio male a lasciarvi qui scaricati come dei mentecatti... Bisogna sempre aver più paura dei cretini che dei malvagi...

VI BURATTINO

Sì, sì, padrone. Noi vogliamo essere responsabili delle nostre azioni!

PLACIDO

Alla buon'ora! Dopo tutto, tanto peggio per me e per voi: ma che ogni cosa avvenga tra gente padrona del suo senno!

TUTTI I BURATTINI

Sì... sì... padrone...

PLACIDO

trae dalla tasca una chiave da orologio a pendolo, cerca nel fianco di ciascun BURATTINO il punto giusto e dà la carica con un giro di chiave

Ecco qua a te... Ecco a te ... Oh!... Tu pure... Eccovi qui serviti tutti... E io anche, forse, servito per le feste...

VI BURATTINO

È meglio così, credetelo, padrone..

PLACIDO

Mah! Lo spero anch'io!

VII BURATTINO

facendo un inchino

Signor padrone...

TUTTI I BURATTINI

insieme, imitandolo

Signor padrone...

PLACIDO

impaurito

Per carità, sta per arrivare il domestico.

Li spinge con furia contro la parete a cui I BURATTINI si appoggiano nell'atteggiamento di prima. I BURATTINO non fa in tempo a tornare al suo posto contro la parete, quando entra IL SERVITORE e perciò s'irrigidisce nella posa in cui è stato sorpreso. PLACIDO finge di osservare IL BURATTINO da tutte le parti.

SCENA TERZA

IL SERVITORE rientrando in scena col vassoio su cui è posata una bottiglia di vino col bicchiere, vede IL BURATTINO in quello strano atteggiamento e per la paura tutto gli traballa nelle mani. PLACIDO cambia la posizione delle braccia e delle gambe al BURATTINO, gli tira il naso, come per assicurarsi che il congegno funzioni bene. IL BURATTINO rimane assolutamente passivo e obbediente. Dopo averlo ben fatto girare da tutte le parti, PLACIDO lo appoggia alla parete. IL SERVITORE è stato a guardarlo a bocca aperta.

PLACIDO

Beh? Che c'è? Ho voluto osservarli bene uno per uno, prima di consegnarli. Sono un uomo di coscienza, io...

IL SERVITORE

che si è un po' riavuto

Va bene, non dico di no, sarete un uomo di coscienza, ma anche quando siete solo, caro mio, a causa di quel vostro ventre, è come se foste in venti persone! Mentre io ero in dispensa ho sentito delle voci fioche insinuarsi attraverso i muri!...

PLACIDO

Non date retta alle voci fioche... Io me ne vado e siamo intesi che tornerò più tardi...

IL SERVITORE

Ma come? Non volete più bere?

PLACIDO

Io no!... Arrivederci...

Se ne va a sinistra

IL SERVITORE

lo guarda trasecolato

Tutti così questi artisti... Adesso hanno PLACIDO che se ne va per le scale

SCENA QUARTA

IL SERVITORE

Sarebbe bene, invece, che bevessi io un gocciolino...

Si mesce da bere

Mi son buscata tanta paura addosso...

III BURATTINO si allunga più che può sollevandosi sulle punte dei piedi e spinge il campanello elettrico. IL SERVITORE sta per portare il bicchiere alle labbra, ma il suono del campanello lo fa accorrere alla porta di sinistra. III BURATTINO ne approfitta per vuotare in fretta il bicchiere e tornare subito al suo posto.

IL SERVITORE

dopo aver richiusa la porta

Non c'è nessuno... avranno chiamato di là...

Via a destra

TUTTI I BURATTINI si precipitano sul vassoio e si disputano il vino della bottiglia, che in un batter d'occhio è vuotata. Poi tornano al loro posto.

IL SERVITORE

Insomma, o io sono ubriaco o veramente ho inteso suonare. Se nessuno ha suonato vuol dire che sono veramente ubriaco. Eppure, quando sono andato in dispensa ho bevuto pochissimo. Anzi...

Si sovviene del bicchiere che aveva riempito di vino

Dov'è?

Allibisce, poi si volge ai BURATTINI, più per la paura che lo domina che per la possibilità che siano stati loro a giocargli il tiro

Ma...

Un terribile pensiero lo afferra: ch'egli abbia bevuto tutto il vino e non se ne ricordi?

Oh Dio! Devo averlo vuotato io, di qui non si scappa... e il fatto che non me ne ricordi dimostra che sono ubriaco!

Un tragico terrore lo assale

Ecco perché ho sentito suonare i campanelli!

Di nuovo si volge verso I BURATTINI e li osserva in silenzio

Anche la presenza di questi diavoli ha finito per confondermi la testa...

Volgendo le spalle ai BURATTINI e imprecando contro la porta da cui è uscito PLACIDO

Maledetto burattinaio! Miserabile istrione, che avendo fabbricato questi ceffi da galera...

indicando I BURATTINI

crede di avere creato dei capolavori! Se torna, come ha promesso, lo faccio ruzzolare...

Il BURATTINO più vicino gli allunga una pedata che lo fa comicamente sedere per terra

Oh oh!... Qui... ho ruzzolato io! Evidentemente questa è stata una pedata che io ho creduto di sentire perché sono ubriaco: di qui non si scappa...

Si alza

Però la pedata l'ho sentita! No! Affermare di averla sentita è confermare lo stato di ebbrezza...

Si sente di nuovo squillare il campanello

Eh! Questa volta non mi prendi! Io come ubriaco ho sentito, ma come domestico mi rifiuto di credere!

Altro squillo

Sì, aspetta! Aspetta che venga ad aprire... Aspetta che io sia così stupido da venire ad aprire...

LA VOCE DEL SIGNORE

dopo aver picchiato alla porta

Suvvia, Anselmo, apri!

IL SERVITORE

preoccupato

Questo non è un campanello che suona. È una voce che chiama e una mano che picchia... E sarebbe la voce del padrone... Dio non voglia, è la voce del padrone...

LA VOCE DELLA SIGNORINA

Anselmo! Aprite!

IL SERVITORE

Dio non voglia, è la voce della signorina... È meraviglioso come, quando si è ubriachi, le voci che si odono diano l'illusione perfetta della verità...

Si picchia rumorosamente

Io dico una cosa: che, ubriaco o no, vado ad aprire!

Va, infatti, ad aprire

SCENA QUINTA

IL SIGNORE, LA SIGNORINA e IL SIGNORINO DEL PALAZZO

invadono la sala protestando violentemente contro IL SERVITORE

Ma insomma! Ma insomma!...

IL SERVITORE

costernato

Signor padrone... Signorina... Vogliano scusarmi!...

IL SIGNORE DEL PALAZZO

Ma che scusare! Ma che padrone!

IL SERVITORE

Io avevo, bensì, sentito...

LA SIGNORINA

Ah sì? Avevate sentito?...

IL SIGNORINO

E allora perché non avete aperto?

IL SERVITORE

Non ho aperto perché sono ubriaco...

IL SIGNORE, LA SIGNORINA e IL SIGNORINO

esterrefatti

Siete ubriaco?

IL SERVITORE

Sissignori...

IL SIGNORE

indignato

E lo confessa anche, lo spudorato!

LA SIGNORINA

Avete bevuta quella bottiglia?

IL SERVITORE assai compunto. accenna di sì col capo.

IL SIGNORE

vedendo i BURATTINI

Oh! Ci sono i burattini!

IL SIGNORINO e LA SIGNORINA

Oh! È vero!...

LA SIGNORINA

Forse avete offerto da bere al burattinaio...

IL SERVITORE

piagnucolando

Ho offerto da bere al burattinaio, ma in realtà ho bevuto io...

IL SIGNORE

Ma quest'uomo ci racconta cose dell'altro mondo!...

IL SERVITORE

Io ho l'onore, signor mio, di presentarle le mie dimissioni...

IL SIGNORE

stupito

E adesso se ne vuol anche andare!

IL SERVITORE

Ho mancato di rispetto alla casa: di qui non si scappa...

IL SIGNORE, LA SIGNORINA e IL SIGNORINO

tutti e tre volgono in questo momento le spalle ai BURATTINI

Ma perché?

IL SERVITORE

che ha la faccia rivolta verso I BURATTINI

Perché le cose che mi sono capitate non possono essere credute possibili che da un uomo ubriaco...

IL SIGNORE, LA SIGNORINA e IL SIGNORINO

Che cosa?

Il BURATTINO alzandosi sulle punte dei piedi, fa segno di tacere al SERVITORE esterrefatto, e subito torna alla posizione di prima.

IL SERVITORE

Ah!

Getta un urlo e cade a terra svenuto. IL SIGNORE, LA SIGNORINA e IL SIGNORINO si precipitano a soccorrere IL SERVITORE.

IL SIGNORE

Presto! Un po' d'acqua!

LA SIGNORINA via a destra, per prender l'acqua.

IL SIGNORE

al SIGNORINO

Sarebbe bene telefonare al dottore...

IL SIGNORINO

per andare

Sì... Devo andare?

LA SIGNORINA porta un bicchier d'acqua.

IL SIGNORE

alla figlia

Ecco: spruzza con le dita così... Io chiamo il dottore...

Corre a destra, seguito dal figlio

LA SIGNORINA

impaurita a sua volta

Oh Dio! Non rinviene! E mi hanno lasciata sola!... Papà! Papà!...

SCENA SESTA

TUTTI I BURATTINI accorrono intorno al servo svenuto; e chi gli spruzza l'acqua sul viso, chi gli strofina i polsi, chi gli fa il massaggio alle gambe. IL SERVITORE essendo così energeticamente soccorso, rinviene a poco a poco, si mette a sedere e apre gli occhi: ma la vista dei BURATTINI che si muovono intorno a lui lo fa immediatamente svenire di nuovo.

LA VOCE DI PLACIDO

dalle scale

Andiamo, aprite! O che il diavolo vi porti!

I BURATTINI

Il padrone! Andiamo ad aprire!

I BURATTINO

E con tutti gli onori! Su! Schieriamoci su due file: tre di qua e quattro di qua... E io apro!

Apre la porta con solennità

PLACIDO appare sul limitare.

I BURATTINO

Onoriamo il nostro padrone!

Gli altri BURATTINI s'inchinano profondamente davanti a lui

IL SERVITORE ha aperto gli occhi e subito li ha richiusi: ma infine si fa coraggio e si mette a osservare quel che avviene, sempre fingendo di essere svenuto.

PLACIDO

venendo sul davanti della scena

Maledetti ragazzi! Ho già capito che avete rovinato ogni cosa!

I BURATTINO

No, no... I signori sono di là... Il servitore è momentaneamente svenuto...

PLACIDO

Svenuto? Dove? Ah, eccolo là... Ma bisogna soccorrerlo!

II BURATTINO

Non è niente, padrone... Abbiamo appena il tempo di raccontarvi come è andata...

IL SERVITORE camminando carponi s'insinua tra le gambe di un tavolino e sporge la testa verso il crocchio, ossia di fronte al pubblico.

II BURATTINO

Figuratevi che gli abbiamo bevuta tutta la bottiglia di vino...

PLACIDO

Allora vi siete fatti scoprire...

III BURATTINO

Ma che!

IV BURATTINO

sbellicandosi dalle risa

Ha creduto di averla bevuta lui!

PLACIDO

Ma come!

V BURATTINO

Sì, padrone: quel servitore... è un tale allocco...

IL SERVITORE ritira la testa tra le gambe del tavolino.

VI BURATTINO

Ma che allocco... Tu vuoi disonorare la onorata famiglia degli allocchi! Quello è un baggiano trovato in qualche vecchio innaffiatoio di provincia...

IL SERVITORE è sgattaiolato dal tavolino e in punta di piedi se l'è svignata per la porta di destra.

PLACIDO

Attenti, che possono tornare i padroni! Suvvia, al vostro posto!... Presto!...

Li spinge contro la parete a cui I BURATTINI si appoggiano inerti

Tutti fermi! Mi raccomando!

SCENA SETTIMA

IL SERVITORE

tirando per mano IL SIGNORINO che ha per mano LA SIGNORINA che ha per mano IL SIGNORE, in fondo alla scena in punta di piedi

Zitti... st!... Piano...

Ma quando vede che i BURATTINI sono al loro posto, egli, che era raggiante, ammutolisce a un tratto dallo stupore

PLACIDO volge le spalle a tutta la comitiva e aspetta tranquillo fischiettando una canzonetta.

IL SIGNORE

volgendosi indignato al SERVITORE

Ebbene? Che c'è di straordinario?

PLACIDO

Buongiorno, signore.

IL SIGNORE

a PLACIDO

Buongiorno!

Indi, al SERVITORE

Mi pare che abusiate un po' troppo della nostra longanimità a vostro riguardo... Non solo sono disposto a credervi ubriaco, ma anche a ritenervi pazzo...

IL SERVITORE

mortificato

Già ho avuto l'onore di presentarle le mie dimissioni...

IL SIGNORE

E io le accetto!

LA SIGNORINA

Papà! Un vecchio domestico!...

IL SIGNORE

a PLACIDO

Perdonate, signore... C'è questo nostro vecchio domestico che ha perso la testa...

PLACIDO

Se è lecito sapere...

IL SIGNORE

Prima raccontava che i vostri burattini lo avevano aiutato a rinvenire... Oh, ma è inutile che vi metta al corrente delle sue stravaganze...

PLACIDO

Forse non è inutile, signore. Lei sta per licenziare un vecchio domestico che ha servito fedelmente per lunghi anni, nella Sua casa. Ho il dovere di dirle ch'egli non è né pazzo né ubriaco...

IL SIGNORE

Ma dice di aver visto i burattini camminare...

PLACIDO

Essi camminano, signore!

IL SIGNORE, LA SIGNORINA e IL SIGNORINO

Eh?

PLACIDO

Essi non sono i soliti burattini. Non solo camminano, quando io dò loro la corda, ma parlano e ragionano... Le assicuro che sono anche pieni di buon cuore...

IL SIGNORE

Non è possibile!

PLACIDO

Eppure, guardi!

Battendo le mani

Olà!

I BURATTINI si alzano, fanno un passo avanti e poi un inchino tutti insieme. IL SIGNORE, LA SIGNORINA e IL SIGNORINO gettano un grido per lo stupore.

PLACIDO

ai BURATTINI

Andiamo, via!... Una scena a soggetto che esprima il vostro rammarico!

I BURATTINO

È vero, signore, che noi abbiamo fatto rinvenire il vostro allocco servitore, ma è vero anche che lo avevamo fatto svenire dalla paura...

Tutti I BURATTINI sghignazzano

II BURATTINO

E abbiamo bevuto tutto il vino...

Altre risa, c. s.

III BURATTINO

E abbiamo suonato i campanelli...

TUTTI I BURATTINI

in coro

È vero! Lo giuriamo!

Altre risa, c. s.

IL SIGNORE

È meraviglioso! Ma perché non mi avete detto che i vostri burattini erano unici al mondo?

PLACIDO

Perché in tal caso avrei dovuto venderli a peso d'oro...

IL SIGNORE

Avete ragione... Non sarei stato abbastanza ricco per comprarli! E allora? Ve li ripigliate?

PLACIDO

Voglia farmi la grazia di tenerseli alle condizioni che abbiamo pattuite.

IL SIGNORE

Non vi rincresce lasciarli?

PLACIDO

Oh! Per questo... io non farò che piangere, signore...

IL SIGNORE

E allora?

PLACIDO

Allora, bisogna pur vivere, sì..., e far vivere i propri figli... Si figuri che io ho un figlio vero, in mezzo a questi giovanotti... camuffato da burattino... ma camuffato così bene che è impossibile distinguerlo dagli altri... Io solo so capire la differenza... E se vedesse come sa piangere! Sa benissimo piangere come tutti gli altri... Ma per quel che riguarda lo sghignazzare, caro signore, siamo ben lontani! È ancora troppo un uomo per poterlo fare nella solenne e travolgente maniera burattinesca! Oh! Ma verrà il giorno in cui lo lancerò nel mondo e avrà un successo pazzo... Guadagnerà tutti i denari che non ho guadagnato io... Intanto sono contento di cederli a Lei, pel Suo teatrino di famiglia... In questo palazzo godranno l'agiatezza... Non ho più cuore di trascinarli con me di miseria in miseria per le strade maestre... Se diventerò ricco con una compagnia delle solite e con un repertorio più alla buona, tornerò da Lei a pregarla di ridarmi i miei ragazzi... Tanto più che, se Lei non me li volesse ridare, essi verrebbero con le loro gambe...

IL SERVITORE

concitato

Eh sì! Ma chi darà loro la carica? Io no, veh! Se devono rimanere in questa casa, devono essere scaricati!

PLACIDO

sorridendo

Voi dimenticate, amico mio, che in mezzo a loro c'è il mio ragazzo che potrebbe dar loro la corda tutti i giorni...

IL SERVITORE

Ah! È vero! Ci mancava adesso quest'altra preoccupazione...

IL SIGNORE

a PLACIDO

Ebbene, io vi propongo una cosa... Io ho una grande stima e una grande ammirazione per voi...

PLACIDO e I BURATTINI fanno al SIGNORE un grande inchino.

IL SIGNORE

Vi propongo di rimanere ospite del mio palazzo... Allestirete ogni tanto degli spettacoli nel mio teatrino... Non vi mancherà nulla...

I BURATTINI

raggianti, a PLACIDO

Sì! Sì!

PLACIDO

Lei è molto buono, signore... E la cosa... sì... mi alletta... Sarebbe la fine di tutte le preoccupazioni... Sarebbe... Oh! Sarebbe tutto il contrario di quel che è stato... Ma, signore, io mi conosco! Io sono nato in un carrozzone, sulla strada maestra... E mio padre fu quello che mi suggerì il primo congegno, che poi ho perfezionato, del burattino ambulante, parlante e cogitante... Io potrei resistere un mese o due... o tre... ma o prima o poi sarei costretto a commettere una cattiva azione, perché la nostalgia mi riprenderebbe... la nostalgia, o signore, della strada... e magari la nostalgia della miseria... non lo so... forse la nostalgia della strada che si trascina dietro la miseria...

IL SIGNORE

Allora rifiutate?

PLACIDO

Sono un onest'uomo e non voglio ingannarla...

IL SIGNORE

Pazienza. Ecco il denaro che abbiamo pattuito.

Gli porge una borsa

PLACIDO

Grazie. Evviva il vostro nuovo padrone!

Prende il cappello e sta per andarsene

I BURATTINI

Evviva!

LA SIGNORINA dice qualche cosa all'orecchio di suo padre che mostra di approvare.

IL SIGNORE

tra il silenzio di tutti

Ecco: vorremmo chiedervi una cosa...

PLACIDO

Dica, dica!... Immagini che cosa non farei per dimostrarle la mia gratitudine...

IL SIGNORE

Vorremmo che voi c'indicaste, per potergli usare qualche riguardo e per poterlo anche noi distinguere e proteggere, qual'è il vostro ragazzo in mezzo ai burattini...

PLACIDO

perplesso, e poi man mano animandosi ed eccitandosi

Come si fa! Per Bacco... Mi rincresce di non poter rispondere alla Sua cortesia! Ma il ragazzo se l'avrebbe a male! Perché... veda, signore... egli non è più del tutto un uomo, e non è ancora del tutto un burattino... Capisce? In tali condizioni egli ha la vergogna di quel che ha perduto e non ha ancora la spavalderia di quel che ha acquistato... ossia ancora un po' di cervello per sé e non ancora del tutto una testa di legno per gli altri...

Con voce imperiosa

Avanti! Venga avanti il mio ragazzo!

I BURATTINI rimangono fermi al loro posto

Vede? Nessuno si muove! Oppure vengono avanti tutti!

Tutti si affollano attorno a lui

Hanno ancora del cuore, sapete? Pare impossibile, ma il cuore è quello che più stenta a diventare legnoso! Si dice così male dell'umanità, si disprezza tanto questo muscolo involontario e senza sentimento, dopo tutte le cattive prove che dà tutti i giorni, eppure... eppure non solo stenta a solidificarsi, ma vi devo dire, amico mio, che i più grandi miracoli del mondo sono ancora quelli che nascono dal cuore dell'uomo! Quando poi... ve lo dico in confidenza... quando poi ci si mette un burattino ad avere del cuore...

Sta per commuoversi e perciò si riprende, si adira, si mette a urlare

Andiamo, via! Tutte storie! Tutte fandonie! La verità è che devo lasciarvi! Su, via!

Con voce burbera

Riverenza al vostro padrone che vi ha comprati!

Additando IL SIGNORE, a cui I BURATTINI fanno un inchino

Solennità!

I BURATTINI s'irrigidiscono

Riverenza! Solennità! Ma che cuore! Ma che cuore! Che cuore d'Egitto! Riverenza! Solennità! Ma che cuore!... Ah, ah, ah, ah!...

Sghignazza, urla, salta, finché traballa. E I BURATTINI lo sostengono

Non è niente... non è niente...

Sorride con la faccia stravolta e appena ha la forza di ripetere il comando ai BURATTINI che gli obbediscono mentre lo sorreggono

Riverenza!... Solennità!

Adagio adagio, tra il generale silenzio, si ricompone e si avvia, un po' curvo verso l'uscita.

Sipario